शब्द माला (भाग-4)

मान सिंह नेगी

XpressPublishing
An imprint of Notion Press

Old No. 38, New No. 6
McNichols Road, Chetpet
Chennai - 600 031

First Published by Notion Press 2020
Copyright © Man Singh Negi 2020
All Rights Reserved.

ISBN 978-1-64805-404-4

This book has been published with all efforts taken to make the material error-free after the consent of the author. However, the author and the publisher do not assume and hereby disclaim any liability to any party for any loss, damage, or disruption caused by errors or omissions, whether such errors or omissions result from negligence, accident, or any other cause.

While every effort has been made to avoid any mistake or omission, this publication is being sold on the condition and understanding that neither the author nor the publishers or printers would be liable in any manner to any person by reason of any mistake or omission in this publication or for any action taken or omitted to be taken or advice rendered or accepted on the basis of this work. For any defect in printing or binding the publishers will be liable only to replace the defective copy by another copy of this work then available.

क्रम-सूची

1. Me Too (मैं भी) — 1
2. बाजार शांत है — 5
3. क्या वास्तव में — 8
4. डंडा मत भूलना — 11
5. शादी का लड्डू — 15
6. वाचल मन — 19
7. मधुर गीत — 22
8. माँ तेरे आँसू — 26
9. दुनिया बनाने वाले....? — 28
10. चीर हरण — 33
11. भक्ति — 36
12. 6 मद — 39
13. मुक्ति द्वार — 43
14. तुझसे प्रेम है — 46
15. तुम कितने दयालु हो — 49
16. ये क्या हो रहा है? — 52

1
me too (मैं भी)

आज 8-8-2018, बृहस्पतिवार, शुभ गोवर्धन एवं विश्वकर्मा दिवस पर हमें रह रह कर me too (मैं भी) महिलाओं की आप बीती अभियान पर चाल रही शिकायतों का सिलसिला याद हो आया.

अभी हाल ही में विदेशी धरती से शुरू हुआ   me too (मैं भी) अभियान.

जिसने हिंदुस्तान पहुंचते ही कई जानी मानी हस्तियों के काले चेहरों से नकाब उठाना शुरू कर दिया.

जहा कई अभिनेत्रियों ने अभिनेताओं को me too (मैं भी) अभियान के तहत अपना साहस दिखाया है.

हमने महसूस किया यह महिला अपराधों में बढ़ते दर पर नियंत्रण लगाने का एक ऐसा मंच है. जहा वह खुल कर अपनी आवाज बुलंद कर सकती है. वह कर ही नहीं सकती. अपितु लगातार कर रही है.

अभी हाल ही में कुछ मंत्रियों को me too   (मैं भी) अभियान के तहत एक मंत्री के खिलाफ भी एक महिला पत्रकार ने यौन शोषण का आरोप लगाया.

उस मंत्री के बचाव में उनकी ही पत्नी ने कहा वह सब झूठ है.

हालांकि महिलाओं का me too (मैं भी) अभियान कई सफेद दामन वाले लोगों की काली करतूतों का पर्दाफाश करेगा. ऐसा यकीन है, कानून की जानकर ऋचा शर्मा का.

हालांकि उन मंत्री का यह कहना की कई साल पहले किसी के साथ किया गया कोई बुरा व्यवहार आज उसकी सजा नहीं बनती.

??परंतु समझने वाली बात यह है. अपराध किसी भी उम्र में हो अपराध ही कहलाया जाएगा. उसकी सजा तो बनती है. चाहे देर में ही सही.

??कभी कभी व्यक्ति अपने साथ हो रहे आर्थिक शोषण के प्रति तक आवाज नहीं उठा पाता.

??फिर महिलाओं के साथ me too (मैं भी) अभियान के तहत अपनी आपबीती बताना उतना आसान भी नहीं है. जितना ये महिलाएं अपनी आवाज बुलंद कर रही है. वास्तव में इनके इस जज्बे को हमारा सलाम.

ये महिलाएं वास्तव में कहीं ना कहीं यौन शोषण की शिकार हुई होंगी.

क्युकी कहा जाता है. बिना आग के धुंआ नहीं उठता.

me too (मैं भी) अभियान के तहत महिलाएं यह बताने में क्यु गुरेज करें. हमारे साथ अभी हाल ही में. हमारे साथ कुछ समय पहले. या हमारे साथ अभी अभी हाल ही में फला फला व्यक्ति ने मेरा यौन शोषण किया है.

जबकि शर्मनाक उन लोगों के लिए है. जो सफेदपोश होकर काले कारनामों को अंजाम देते है. बाद मैं अपनी बदनामी से डरते है. यह ये सोच रहे है. कोयले में हाथ भी डाले और हाथ काले भी ना हो.

जबकि यह तो हर व्यक्ति जनता है. कोयले की छाप से हाथ काले होने लाजमी है.

अपराध करके चेहरा या नाम छुपाना अच्छी बात नहीं जनाब.

??हमें याद है. जब विदेश में बड़े से बड़े मंत्रियों या राजनेताओं पर अश्लील हरकतों के आरोप लगते है.

वह तुरंत प्रभाव से, अपने पद से इस्तीफा दे देते है. हालांकि अमेरिका के राष्ट्पति डोनाल्ड ट्रमप अपवाद है.

?? अभी हाल ही में देहरादून के बीजेपी महासचिव संजय कुमार को उनकी ही एक महिला कार्यकर्ता ने यौन शोषण का आरोप लगाया है.

जिसके कारण बीजेपी ने उन्हें पद से हटा दिया.

हमारे देश में 5-6 साल की बच्चियों के साथ नामी विद्यालयों में सरेआम उनके साथ अश्लील हरकतें की जा रही है.

परंतु हर कोई मौन है.

हालांकि हम उन पुलिस अधिकारियों की भूरि भूरि प्रशंसा करते है. जिन्हें हमने कड़ी मेहनत के साथ पीड़ितों को न्याय देने के लिए जी जान से कार्य करते देखा है. उनके उस जज्बे को सलाम.

??परंतु बावजूद इसके हर कोई मौन है.

उस पीड़िता के माँ-पिता के अलावा.

??विद्यालयों में माँ-पिता को आश्वासन की झूठी गोली देकर चुप करा दिया जाता है.

जहा बड़े बड़े पत्रकारिता वाले भी अपने घुटने टेक देते है.

?? नामी विद्यालयों की प्रधानाचार्य 5-6 साल वाली बच्चियों के माँ-पिता को 12वी कक्षा तक बिना फीस के शिक्षा देने का रिश्वत भरा निमंत्रण देती है. यह कैसा भ्रष्टाचार है? यह कैसी सौदेबाजी है. एक बच्ची के इज्जत की?

??यह देश में क्या चाल रहा है? क्या कोई इन नामी विद्यालयों में चल रही बच्चियों के खिलाफ हो रही यौन उत्पीड़न पर लगाम लगाएगा? यह बिना सोचे समझे. ये नामी विद्यालय है. इनके कर्मचारियों ने बच्चियों के साथ यौन सम्बंध बनाए है. जिन्हें बचाने के लिए नामी विद्यालयों के प्रशासन ने अपना नाम खराब ना होने देने पर. उन आपराधिक मानसिकता वाले अध्यापको को बार बार बचाया. जो इन अश्लील हरकतों वाले अपराध को बढ़ावा देना ही कहा जाएगा.

??क्या कोई इन नामी विद्यालयों के प्रशासन एवं अपराध से जुड़े कर्मचारीयों के खिलाफ सजाय मौत का फरमान सुना पाएगा.

एम एस एन विचार

me too (मैं भी) अभियान सिर्फ नामी हस्तियों के लिए ही नहीं अपितु यह अभियान उन बच्चियों, महिलाओं के लिए भी है. जो रोजमर्रा जिंदगी में निम्न अपराधों की शिकार हो रही है.

परंतु वह इस अभियान से अपने को जोड़ नहीं पा रही.

✎फब्तियां कसना
✎गंदे इशारे करना
✎भीड़ भाड़ वाले स्थान पर गलत तरीके से छूना
✎विद्यालयों या महाविद्यालय के नजदीक अश्लील हरकतें करना या मूत्र करना.

हमें दुख लग रहा है   me too (मैं भी) अभियान के तहत महिलाएं इस अभियान में ना सिर्फ यौन शोषण बल्कि वह अपने साथ हो रहे किसी भी अपराध को तत्काल से अपनी आपबीती व्यक्त कर सकती है. परंतु झिझक के कारण नहीं कर रही. यह अभियान वास्तव में आपकी सुरक्षा सुनिश्चित करता है. आप इस अभियान के द्वारा अपने साथ हो रहे अपराध को व्यक्त करें. चुप ना रहे.

हम जानते है, जल्द ही उस व्यक्ति पर पुलिस कार्यवाही होगी.

हम जल्द ही आप सबके लिए प्रस्तुत होंगे विद्यालयों में कोचों की काली करतूतें लेकर me too (मैं भी) अभियान के तहत.

गोली से भी तेज चलती है, कलम.

गोली से भी तेज चलती है, कलम.

जनहित मे जारी

मान सिंह नेगी

2
बाजार शांत है

आज दिवाली के दूसरे दिन 8-8-2018, बृहस्पतिवार, गोवर्धन एवं विश्वकर्मा दिवस पर हम दोनों पति पत्नी राजापुरी स्थित राज मंदिर माल में जा रहे है.

घर से थोड़ी दूर जाते ही हमें अहसास हुआ. सूर्य की तपिश सर्दी के ठंडे अहसास को दबा रही थी.

तभी अचानक हमें अहसास हुआ.

इसी शहर के बाजार में व्यक्तियों को पैर रखने की बात तो छोड़िए.

एक दूसरे की ठंडी एवं गर्म सांसों के आने जाने की गिनती भी आसानी से हो रही थी.

कल जहा गली के कोने कोने में.

कल जहा गली के चप्पे चप्पे पर कोई ना कोई व्यापारी अपनी शोभायमान दुकानें लेकर बैठा था.

कल जहा बाजार के चप्पे चप्पे पर रौनक थी.

जहा प्रत्येक व्यापारी बड़ी हसरत भरी निगाहों से ग्राहकों का स्वागत दीप की रोशनी भरी मुस्कान से कर रहा था.

जहा कल प्रत्येक व्यापारी ग्राहक की हर नब्ज को बड़ी अहतीयात से जांच रहा था.

जहा कल व्यापारी बड़ी मुस्तैदी के साथ ग्राहक को अपनी कसौटी पर परख रहा था.

जहा कल व्यापारी अपने ग्राहक को वापस खाली हाथ नहीं भेजना चाहता था.

वही आज सिर्फ हाथों की धड़कन मोबाइल पर गोवर्धन पर्व के संदेश मिल रहे है.

वही कल की तुलनात्मक स्तिथि में बाजार आज पूरी तरह से शांत है.

आज बाजार से रौनाक नदारद है.

आज व्यापारी और ग्राहक आराम एवं संतुष्टि की नींद में विश्राम कर रहे है.

आज हमने पाया इंसान तो इंसान. आज पालतू जानवर कुते भी सड़क के दोनों किनारों पर आराम फरमा रहे है.

जैसे वह भी बड़ी दिवाली की चकाचौंध को देख देख कर थक कर चूर हो चुके हो.

आज वे खुले आसमान के नीचे, सूर्य की किरणों की तपिश उन्हें यह संदेश दे रही है. आज आप सब आराम करो. इससे ना तपेदिक होती है. आराम स्वस्थ शरीर की पूंजी है.

क्युकी आज बाजार शांत है. आज शहर में यातायात की चील्लापोह नहीं है.

आज प्रत्येक व्यापारी एवं ग्राहक चैन की गहरी नींद में आराम फरमा रहा है.

एम एस एन विचार

हाँ आज बाजारों में सिर्फ गोवर्धन पर्व पर चावल एवं कड़ी के भंडारे की तैयारी के अलावा कुछ भी नहीं है.

ना यातायात का शोर शराबा. ना यातायात की पी पी. ना यातायात की पौ पौ. ना यातायात के लम्बे भद्दे हार्न. ना ही इन भंडारों के प्रति बच्चों में कोई जोश नजर आ रहा है. आज सब छोटी एवं बड़ी दिवाली के लम्बे चौड़े खर्चों के बाद आराम फरमा रहे है. चाहे वह व्यापारी हो या ग्राहक.

आज बाजार में ऐसी शांति है. जैसे कर्फ्यू लग गया हो.?????

अब हम दोनों पति पत्नी? राजमंदिर माल से खरीदारी करके वापस घर आ गय है.

अंत में हम आप सबको गोवर्धन एवं विश्वकर्मा दिवस की हार्दिक शुभ कामनाएं देते है.

गोली से भी तेज चलती है, कलम

जनहित मे जारी

मान सिंह नेगी

3
क्या वास्तव में

क्या वास्तव में जीव के हिस्से में 84 लाख यौनियों होती है?

क्या वास्तव में प्राणी 84 लाख योनियों में विचरण कर अंत में मनुष्य जन्म पाता है?

क्या ये दो स्तम्भ जो सदियों से चले आ रहे है? यह सत्य है?

नहीं, ये स्तम्भ केवल भ्रामक मात्र है. जब हम जीवन में अच्छा कर्म करते है. तब हमें उसके फलस्वरूप परिणाम अच्छे ही मिलते है.

जब भी हम गलत कार्य करते है. उसके परिणाम भी बुरे ही मिलते है.

भगवान कृष्ण ने स्वयं गीता में कहा है. आप मेरे नाम का सुमिरन करें. आप मेरे पास निश्चित तौर पर लौट आएंगे.

भगवान कृष्ण कहते है. यह संसार, भौतिक संसार मेरी अध्यक्षता में चलता है.

मैं ही आदि हूँ, मैं ही अंत हूँ, मैं ही जन्म हूँ, मैं ही मृत्यु हूँ.

वह स्वयं कहते है. मनुष्य मरने के पश्चात दो भागों में बंटा हुआ है. उसके अलावा उसका कोई जन्म नहीं होता.

समाज में व्याप्त लोकोक्ती या पंडितों द्वारा रचित उदाहरण केवल मनुष्य समाज को भ्रम में रख कर अपनी आसान तरीके से जीविका कमाना मात्र है.

भगवान कृष्ण ने मनुष्य को एक काल चक्र में बाँधा हुआ है. वह काल चक्र आप भी समझ ले.

मनुष्य का जन्म, मनुष्य के रूप में एक बार नहीं बाराम्बार होता है. इसे और भी बेहतर ढंग से समझा जा सकता है.

रावण ने तीन बार जन्म लिया. रावण भगवान विष्णु के अवतार राम के द्वारा मारा गया.

उसके पश्चात उसने हिरण्यकश्यप के रूप में जन्म लिया. जिसका भगवान विष्णु ने ही वध किया.

तीसरी बार रावण ने द्वापर युग में शिशुपाल के रूप में जन्म लिया. जहा उसका भी वध भगवान विष्णु के अवतार द्वारा ही किया गया.

भगवान कृष्ण ने गीता में कहा है. जो जीव जिस योनि में होता है. वह जीव उसी योनि में बाराम्बार जन्म लेता है.

दूसरी श्रेणी है. उनके भक्तों की.

जिसमें आते है, आप और हम. जिन्हें छोटे से दुख मिलने पर या लगातार दुख मिलने पर हमारे वाचाल मुख से निकल जाता है.

बचपन से लेकर आज तक भगवान तेरी भक्ति की. हमें क्या मिला?

क्या वास्तव में भगवान कृष्ण जो इतने दयालु है. उनकी मात्र जिह्वा के नाम लेने भर से आपको कुछ नहीं मिला?

यह अनुरोध करने से पहले उस सुख की अनुभूति करो.

जिसे भगवान ने तुम्हें बिन मांगे दिया है. आपका अपना छोटा या बड़ा परिवार.

फिर आप कैसे भूल जाते है? फिर आप कैसे फरियाद करते हो? भगवान ने आपको कुछ नहीं दिया. यह निंदनीय ही कहा जाएगा.

यदि भगवान ने जन्म दिया है. तब उस प्राणी के लिए भोजन की व्यवस्था भी भगवान ने की है.

जिसका धन्यवाद देने की बजाए. हमारी भगवान से भी शिकायत रहती है. यह हमारा दुर्भाग्य ही कहा जाएगा.

या यूँ भी कह सकते है. यह भी भक्त का भगवान को अपनी और ध्यान आकर्षित करने का एक नजरिया हो.

हमारा मानना है. यदि हम अपने आप को भगवान की शरण में दे दे. वह आपको आवागमन के चक्रवात से मुक्त कर देगा. यही सत्य है. यही अटल सत्य है. बाकी सब कुछ भ्रम मात्र है.

भक्तों अपनी जिह्वा को सुख की अनुभूति होने दो. कृष्ण के नाम का जाप जब चाहे तब जिह्वा को करने दो.

भक्तों अब तो बोल दो, प्रेम से बोल दो, स्नेह में बोल दो.

जय श्रीकृष्ण

कृष्णा कृष्णा हरे हरे.

एम एस एन विचार

सनद रहे मानव जीवन जो हमें प्राप्त हुआ है. वह भगवान को प्राप्त करने के लिए.

परंतु हम भटके हुए है. जैसे हिरण कस्तूरी की सुगंध को प्राप्त करने के लिए इधर उधर भागता रहता है.

इसलिए आप से अनुरोध करते है. समाज में व्याप्त भ्रम जाल को तोड़ भगवान कृष्णा के सुमिरन में ध्यान करने से भगवान कृष्णा के परमधाम लौटने का प्रयास मिलकर करें.

गोली से भी तेज चलती है, कलम.

जनहित मे जारी

मान सिंह नेगी

स्वयं परिवर्तनशील

4

डंडा मत भूलना

एक बार किसी मंत्री ने पूछा था. क्या जनता डंडे के इस्तेमाल पर ही कार्य करती है?

आप ही बताए क्या जनता बिना डंडे के भी काम करती है या नहीं?

आप, आप, आप, आप हँसीए मत आप ही बताईए.

क्या जनता डंडे के जोर पर काम करती है या
नहीं?

जी हाँ जनाब डंडे के इस्तेमाल पर अच्छे अच्छे लोग कार्य करते है?

जनता की तो बिसात ही क्या? डंडे के आगे गूंगे भी बोलते है. फिर उनकी क्या बिसात जो बोल सकते है.

बचपन में सुना था
डंडे को बिसार दे
बच्चों को बिगाड़ दे.

धीरे धीरे इस पकी उम्र में अहसास हो रहा है. जो जनता अपनी अकड़ में घूमती है. जो जनता, बिगडेल जनता यह कहने से बाज नहीं आती. यह सड़क नहीं तेरे बाप की.

जो कूड़ा करकट फैलाने रोकने से लड़ाई झगड़े ही नहीं अपितु खून करने से भी नहीं झीझकती.

वही जनता एक छोटे से सरकारी डंडे के इस्तेमाल से राह पर आ जाती है.

उसकी जुबान इतनी मीठी हो जाती है. उसकी जुबान से शहद टपकता है.

इसका अहसास आज बड़ी दिवाली के शुभ कामनाओं से भरे एवं सजे बाजार में देखने को मिला.

हर जगह बताशे, खील, खिलौने, मुरमुरे के लड्डू, गोंद के लड्डू एवं घर की सजावट की विभिन्न वस्तुएँ नजर आ रही थी.

मालाएं, विभिन्न प्रकार की मालाएं दुकानों की शोभा बढ़ा रही थी.

जो बैचैन थी किसी ना किसी घर की शोभा बढ़ाने के लिए.

हर कोई किसी ना किसी वस्तु को अपने घर की शोभा बढ़ाने के लिए खरीद रहा था.

यहा तक की आज मिठाईयां रह रह कर ललचाई नजरों से देखकर कह रही थी. मुझे लो, मुझे लो, मुझे भी ले लो.

कपडो की दुकान इसमें कहा पीछे रहने वाली थी. कोई कह रहा मैं तुम्हारे बदन की शोभा हूँ.

कोई कह रहा मैं तुम्हारे साथ दूसरे को भी तुम्हारा दीवाना बना दूँगी.

मैं ऐसी पतलून हूँ. मैं ऐसी टी शर्ट हूँ. मैं ऐसी कमीज हूँ. मैं ऐसी सलवार हूँ. मैं ऐसी सूट हूँ. जिसे जनता खुश होकर अपने लिए खरीदारी कर रही है.

फलों की रंगत आज देखते ही बन रही थी. लाल लाल सेब शर्म से हमारी टोकरी में गिरने को बेकरार थे.

केले अपनी मुस्कान से दिल जीत रहे थे.

नारियल हमारे शरीर की चमक बढ़ाने के लिए अपनी और खींच रहा था.

सिर्फ बाजार से एक चीज नदारद थी.

जो हमारे बच्चों की जिंदगी में घुली रची बसी है.

उसकी जिद आज बच्चों में से भी नदारद थी.

बच्चों के पटाखों की दुकान
बच्चों के बम की
छोटी एवं बड़ी दुकानें
जहा मिलते है गन पाउडर से बने बम

आज बम पटाखे बाजार से नदारद थे.

एम एस एन विचार

यह वास्तव में जनता की जागरूकता ही कहा जायगा.

क्युकी वह जानते है. आवाज बड़ी धड़ाम से फटने वाले वाले बम एवं पटाखो में गन पाउडर मिला होता है.

जो प्रदूषण के कण pm 2:5 बढ़ा देता है.

वह समझ गय है. पटाखों में रसायन से त्वचा कैंसर, फेफडों के कैंसर जैसी बीमारियां हो सकती है.

अस्थमा के मरीजों का जीना दूभर हो जाता है.

या वास्तव में जनता को पटाखे बम बेचने एवं जलाने के पश्चात पड़ने वाला डंड स्वरूप भारी जुर्माना ऐसा करने से रोक रहा है.

वास्तव में डंडा मत भूलना. डंडे से बच्चे एवं ढोर ही नहीं अपितु जनता को भी नियँत्रित किया जा सकता है.

जिसका जीता जगता उदहारण आज हिंदुस्तान के दिल दिल्ली में बड़ी दिवाली पर दिख रहा है.

यानी 07-11-2018, बुधवार, बड़ी दिवाली कि शुभ कामनाएं हमारे परिवार कि तरफ आप सबके परिवार को.

आज से ही बनाए प्रदूषण रहित दीपावली दीयों एवं मिलजुल कर बनाई जाने वाली शुभ दीपावाली.

क्या आप जानते है छोटी दीपावली पर फैजाबाद में तीन लाख दीपों से दीपावाली का स्वागत किया गया?

क्या आप और हम मिलकर दीपों कि माला से दिल्ली को रोशन कर. यह संदेश नहीं दे सकते.

हम भी दीपावली को हरे भरे वातावरण को बनाए रखने में सहयोग करेंगे.

एक बार फिर स्वस्थ दिवाली, हरी भरी दिवाली आप सबको मुबारक हो.

मान सिंह नेगी समाज सुधारक, स्वयं परिवर्तनशील, आध्यात्मिक गुरु, बदनाम शायर एवं शायर कि तरफ से आप सबको हरी भरी दीपावली कि शुभ कामनाएं.

गोली से भी तेज चलती है, कलम.
जनहित मे जारी

मान सिंह नेगी
स्वयं परिवर्तनशील
उत्तम नगर, नई दिल्ली-59

5

शादी का लड्डू

कहते है, शादी का लड्डू जिसने खाया. वह भी पछताया. जिसने नहीं खाया वह भी पछताया.

हम यह समझ पाने में असमर्थ है ऐसी कहावत बड़े बुजुर्गों ने क्यु बनाई?

या हम इस कहावत पर कुछ भी कह पाने में बड़ी कठ्नाई महसूस कर रहे है.

कहीं ऐसा ना हो जाए. यह वहम भी हमारे दिल में बार बार हिलोरें मार रहे है. कहीं हमारे कुछ कहने से समाज में भूचाल ना आ जाय.

कहने का तात्पर्य इस कहावत को तोड़ने के लिए. कहीं छोटी मुंह बड़ी बात ना हो जाए.

बावजूद इसके यह निश्चित है. जिसने शादी का लड्डू नहीं खाया. वह अवश्य ही पछता रहा होगा. ऐसी हमारी व्यक्तिगत राय है. ऐसा हमारा व्यक्तिगत अनुभव है.

यह लेख उन व्यक्तियों के लिए है. जो यह समझते है. शादी का लड्डू ना खाकर पछताना ही बेहतर होगा.

यह लेख उनके लिए भी है. जो जिम्मेदारियों का बोझ नहीं उठा सकते. जो जिम्मेदारियों से दूर भागते है.

क्युकी हमारा मानना है. अपने लिए जिए तो क्या जिए. अ दिल तू जी जमाने के लिए.

जमाने के लिए जीने से तात्पर्य है, समाज. जहा रहकर हम सीखते है. जो किताबी ज्ञान से बिल्कुल अलग होता है.

हम समाज में बुराईया भी देखते है. तो अच्छाईया भी हमसे छिपी नहीं है.

हम अपने अनुभव के आधार पर कहना चाहते है.

अच्छाईया कहीं से भी सीखने को मिले ग्रहण कर लेनी चाहिए.

जैसे संत कबीरदास ने कहा है.

साधु ऐसा चाहिए, जैसे सूप सूभाए
सार सार को गहि रहे, थोथा देय उडाय

कहने का तात्पर्य मानव ऐसा चाहिए जो अच्छाईयों को ग्रहण करें और बुराईयों को जाने का रास्ता दे.

हमारा मानना है ज़िम्मेदारीयों से भागने वाला व्यक्ति दब्बू मिजाज का होता है. जो शादी को केवल पछताने वाले लड्डू के रूप में देखता है.

दूसरा भी यही मानता है. शादी का लड्डू पछतावा ही देता है. जो एक शर्मनाक, निंदनीय एवं संकीर्ण सोच को ही बढ़ावा देता है.

जबकि हमारा अपना अनुभव कहता है. प्रणय सम्बंधो के लिय ही सृष्टि की संरचना हुई है.

हम 125 करोड़ भारतीय महत्वपूर्ण प्रणय सम्बंध की ही देन है.

जिनमें ना जाने कितने दिग्गजों ने जन्म लिया.

झांसी की रानी, चंद्रशेखर आजाद, सचिन तेंदुलकर, अमिताभ बच्चन, कल्पना चावला, गीता-बबीता फगोट, सुनीता आदि.

जिसमें शामिल है, आम जन भी. जो प्रणय सम्बंधो को ही दर्शाते है.

एम एस एन विचार

शादी दो आत्माओं का मिलन है. शादी जिम्मेदारियां उठाने का जज्बा है. शादी एक दूसरे के प्रति स्नेह एवं समर्पण है. शादी दो विचारों का मिलन है.

शादी भगवान कृष्ण के द्वारा रचित सर्वोत्तम सृष्टि है. जिसे उसने मनु के माध्यम से रचा है.

आज हम यह बताने में बड़ा गर्व महसूस कर रहे है.

जैसे गाड़ी में दोनों पहिए संतुलन में होना अनिवार्य है.

उसी प्रकार शादी में दो आत्माओं का मिलन अनिवार्य होता है. शादी में दोनों एक दूसरे के सुख दुख के भागी होते है.

दोस्तों समझने वालों के लिए इशारा ही काफी है. हम आज उपरोक्त दो व्यक्तियों को स्पष्ट कर देना चाहते है.

बुजुर्गों ने जो कहावत बनाई थी. जो शादी का लड्डू खाए वह भी पछताए. जो ना खाए वह भी पछताए. वास्तव में वह उनका भ्रम मात्र था.

जबकि हम आपको बता रहे है. यह बुजुर्गों की कहावत भगवान कृष्ण की बनाई हुई संरचना एवं प्रकृति नियम के विरुद्ध थी.

जिसके कारण आज हमें समाज से उस भ्रांति उत्पन्न करने वाली कहावत को तोड़ने के लिए गोली से भी तेज चलने वाली कलम को उठाने पर मजबूर होना पड़ा.

दोस्तों हम यही कहना चाहते है.

शादी पछताने का नाम नहीं है.

शादी वह अनमोल रिश्ता है

जो जीवन भर खुशियाँ देता है.

यह और बात है जीवन में

सुख और दुख का पलडा

तराजू के समान कभी ऊपर कभी नीचे होता रहता है.

जिसे समाज ने जिम्मेदारियों का नाम दिया है.

साहब हमें नींद बहुत आती है. परंतु जिम्मेदारियों की घड़ी धीरे से कान में कुछ बोलकर हमें झट से उठा देती है.

शादी वह अनमोल रिश्ता है

जहा रहकर हमें महसूस होता है

काँटे होने के बावजूद

गुलाब अपनी खुशबू बिखेरना नहीं छोड़ता.

काँटे होने के बावजूद

गुलाब अपनी खूबसूरती नहीं छोड़ता

काँटे होने के बावजूद

गुलाब अपनी गुलाबी मुस्कान से

दिलों में जगह बना लेता है

आप भी सोचिए शादी कोई लड्डू नहीं. जिसे मन किया खा लिया या यूँ कह दिया अंगूर खट्टे है. इन लड्डुओं को खाकर देखिए जनाब. तभी व्यक्तियों को पूर्ण कहा जायगा.

जैसे भगवान शिव को प्राप्त करने के लिय माँ पार्वती ने बाराम्बार शिव की अर्धांग्नि बनना स्वीकार किया.

यदि शादी का लड्डू पछतावा होता. तब भगवान शिव एवं माँ पार्वती के माध्यम से यह रीत ना बनाई गई होती.

शादी दो विचारों का मिलन है.

शादी से ही जीवन सम्पूर्ण कहा जाएगा.

हमारी कलम समाज में व्याप्त बुराई एवं बुरी कहावत को काटने के लिए सदेव तत्पर रहेगी.

जनहित मे जारी

मान सिंह नेगी

स्वयं परिवर्तनशील

उत्तम नगर, नई दिल्ली-59

6
वाचल मन

मन बहुत ही शक्तिशाली है. हम और आप मन के आधीन है. मन दिखाई नहीं देता. उसके पश्चात भी वह हमें नाना प्रकार के नाच नचवाता है. यही अटल सत्य है.

मन इतना शक्तिशाली है. मन हमें अनियंत्रित करके हमारी पांच इंद्रियों रूपी रथ का स्वामी बन जाता है.

इन्हीं इंद्रियों को अपने वश में करके. हमसे वह सबकुछ करवाता है. जिसे करने के अलावा हमारे पास कोई विकल्प नहीं बचता.

इसलिए कभी हसाँता है, ये मन

कभी रुलाता है, ये मन

कैसे कैसे खेल खिलाता है, ये मन

मन वायु की तरह चंचल है. वह वायुयान की गति से भी तीव्र दौड़ जाता है.

वह हमारी आज्ञा का पालन नहीं करता. क्युकी वह बहुत ही चंचल है.

जब भी हम किसी कार्य पर अपना ध्यान केंद्रित करने की कोशिश करते है.

वह हमें उसके विपरीत दिशा में दौड़ाता है. जैसे अभी हाल ही में हमने दवाखाने से दवाईयां खरीदी. परंतु दवाई खरीदते समय हमारी जेब में कुछ रुपय कम पड़ गय. जिसके कारण हमने कहा भैया या तो दवाई

आधी कर दो. या बचे हुए रुपय कल ले लेना. जब हम दुकान से दवाई लेकर बहार निकले. तब हमारे चंचल एवं शरारती मन ने तुरंत कहा दवाई भी मिल गई. बैठे बैठे कमाई भी हो गई. मत चुकाना इसका उधार.

हमने अपने मन से कहा आप वास्तव में बहुत शरारती हो. जिससे उधार लिया है. उसका उधार चुकाना तो पड़ेगा ही.

जब मन ने यह निर्देश सुने. तब वह शांत हो गया.

मन ही है, जो हमसे पत्रकार बनकर लगातार वार्तालाप करता रहता है.

वह हृदय और जठराग्नि के मध्य में बड़ी चंचलता के साथ बैठा रहता है.

वह हमें संसार के प्रति आसक्ति के बंधनों में बांधे रहता है.

वह रिश्तों एवं घर सम्पत्ति के बंधनों में जकड़ा रहता है.

वही है, जो हमें भूल भूलैया में उलझाए रहता है. वह हमारे मूल उद्देश्य को पूर्ण नहीं होने देता. वह हमें किसी ना किसी रूप में संसार से बाँधा रहता है.

वही है, जो हमें हमारे मकसद से दूर ले जाता है.

वह हमें यह भुलाने में तत्पर रहता है. जो बहुमूल्य जीवन कृष्ण ने हमें प्रदान किया. वह अनमोल जीवन के उद्देश्य से हम भटक जाए.

भगवान कृष्ण ने यह जीवन हमें जो प्रदान किया है.

उससे हम अपने अंतर में बैठे परमात्मा के दर्शन करें.

हम इस जीवन के आवागमन के चक्रवात से बच जाए. उसके लगातार भजने से. सुमिरन करने से. जम अपने भगवान कृष्ण के परमधाम वापस लौट जाए.

परंतु ये मायावी मन, संसारिक मन, रिश्तों में जकड़ा मन हमें नारी, धन, बच्चों, माता-पिता एवं अन्य रिश्तों की कच्ची डोरियो से ऐसे बांध देता है.

जैसे बड़े बड़े हाथी. एक सुतली से बंधे होते है. जो यह समझते है. इन मोटी मोटी जंजीरों को तोड़ पाना मुश्किल ही नहीं. अपितु नामुमकिन है.

उसी प्रकार हम भी रिश्तों की कच्ची डोरियो से इस प्रकार बंधे होते है. जिन्हें हम भी चाह कर नहीं तोड़ पाते.

जिसके कारण हमें अनेक दुख भोगने पड़ते है. इन दुखों से छुटकारा पाने के लिए. हमें अपने मायावी मन को, अपने शरारती एवं अनियंत्रित मन को अभ्यास के द्वारा नियंत्रण में करना ही होगा.

जब मन नियंत्रण में आ जायगा. तब हमें वैराग्य को अपनाना होगा. जिसके कारण हमारा मन पुनः अनियंत्रित ना हो जाए.

जिसका यह वाचल मन, चंचल मन, शरारती मन नियंत्रित हो जाएगा. वह प्राणी अपने अंतर में बैठे प्रभु का साक्षात्कार कर लेगा.

जिसका तात्पर्य है. वह भगवान कृष्ण के परमधाम को प्राप्त कर लेगा. जिसके लिए भगवान कृष्ण ने हमें जन्म दिया है. हम वही से आए है. हमें वही लौटना होगा. यही अटल सत्य है. अन्यथा ये मन आपको इस भौतिक संसार में आवागमन के माध्यम से आपको नाना प्रकार के खेल करवाता रहेगा.

गोली से भी तेज चलती है कलम

इति श्री जय श्री कृष्णा

आध्यात्मिक गुरु

जनहित मे जारी

मान सिंह नेगी

स्वयं परिवर्तनशील

उत्तम नगर, नई दिल्ली-59

7
मधुर गीत

जैसाकि हमने प्रण किया है.

अब हमारी कलम जो गोली से भी तेज चलती है.

वह अब भौतिक संसार के किसी एक व्यक्ति विशेष को सन्मार्ग की और प्रोत्साहित करेगी.

जिसके लिए हमने अपने द्वारा रचित आध्यात्मिक विचारों को माध्यम बनाया है.

हमने इससे पहले भी कई मधुर गीतों को अध्यात्म से जोड़ा है.

उसी की तर्ज पर आज एक मधुर गीत को पुनः अध्यात्म से जोड़ने का एक हल्का सा प्रयास.

सजन रे झूठ मत बोलो

परंतु हमने जन्म लेते ही सबसे पहले झूठ को अपना मित्र बना लिया.

परंतु वह उम्र ऐसी होती है. जिसे कुछ बड़ा होने पर हम सब भूल जाते है.

जी हाँ यह हम सही कह रहे है. किसी को याद है.

माँ ने किस प्रकार आपके शरीर की मालिश की थी?

किस प्रकार माँ ने आपको अपना दूध पिलाया था?

जब यह बात हमें याद नहीं. आपको यह कैसे याद होगा? माँ की कोख से बहार आने के लिए. हम सबने भगवान कृष्ण से याचना की थी. हम

जन्म लेने से मृत्यु तक आपके नाम का प्रचार करेंगे.

यह हमारा सबसे पहला झूठ था. जो हमारी माँ, जननी माँ को भी नहीं पता.

जिसे हमने भगवान कृष्ण से बोला था. जब हम माँ की कोख से इस भौतिक संसार में जन्म लेंगे. तब आपके नाम का प्रचार करेंगे.

परंतु जन्म लेते ही हम सब कुछ भूल गय. हमने परमपिता भगवान कृष्ण से क्या प्रण किया था?

हम यह भी भूल गय. हमारी जननी माँ ने हमें बहुमूल्य जीवन दिया है. जिसकी भरपाई हम कभी नहीं कर सकते.

हम झूठ बोलने वाले की निंदा करते है.

हमें मालूम है. हमें भगवान कृष्ण के परमधाम लौटना है. परंतु उस महत्वपूर्ण कार्य को ही हम और आप भूले हुए है. आखिर क्यु? हमें इसका भी इल्म नहीं है.

जबकि हम यह भी जानते है. जिस अर्थ और जमीन को हम संचित कर रहे है. जिन रिश्तों को हम सहज रहे है. वह इस भौतिक संसार में यही छूट जाएंगे.

उसके पश्चात भी भगवान कृष्ण बार बार संदेश देते है. समझाते है. अपने हृदय, अपने हृदय रूपी तीर्थस्थल पर मुझे पुकार कर प्राप्त कर लो.

परंतु नहीं हमें लड़कपन का हठ. हमें जवानी का जोश एवं नींद है. जिसके कारण हमारी अकड़ कम होती नहीं दिख रही.

जिसको कम करने के लिए भगवान कृष्ण किसी ना किसी रूप में हमें अवगत कराते है.

मेरे पास आने के लिए ना किसी घोड़े-गाड़ी की आवश्यकता है.

ना किसी वायुयान की. फिर हे पुत्रों अकड़ किस बात की.

आप कितने भी धनवान क्यु ना हो जाओ. सिर फिर भी झुकाना ही पड़ेगा. चाहे जीवित रहते या मृत्यु के बाद. कुछ भी कर लो भगवान कृष्ण के आगे नतमस्तक होना ही पड़ेगा.

यह छोटी परंतु महत्वपूर्ण बात अपने मगज में डाल लो.

भगवान कृष्ण ने श्रीमद्भागवत गीता में अर्जुन से कहा है. झूठ नहीं बोलना चाहिए. किसी को धोखा नहीं देना चाहिए.

याद रहे भला की देन भला होगा. बुरा की देन बुरा होगा.

यह भगवान कृष्ण का उपदेश आज कलयुग में भी अटल सत्य है.

यदि हम आज किसी का बुरा करते है. उसका फल आज नहीं तो कल हमें अवश्य मिलेगा.

क्युकी बही खाते में संतुलन तभी होगा. जब आना और जाने का सही मिलान हो जाए.

इसलिए भगवान कृष्ण ने कहा मैं ही आरम्भ हूँ, मैं ही अंत हूँ. मैं ही जीवन हूँ, मैं ही मृत्यु हूँ.

फिर जन्म लेने पर आप कैसे परमपिता परमात्मा से अलग हो गय?

कैसे आप अपने परमपिता भगवान कृष्ण को भूल गय?

आप और हम जन्म लेने के पश्चात भगवान कृष्ण को भूल सकते है. वह हमें कभी नहीं भूलता. बस दुख इसी बात का है. हमें उसकी याद आती भी है. तो कब? जब बुढ़ापे ने घेर लिया. जब बुढ़ापे शरीर को अनेक बीमारियों ने जकड़ लिया. तब भगवान कृष्ण याद आने लगे.

परंतु आप सबको हम यह बता दे जिसकी जिह्वा ने लड़कपन और जवानी में भगवान कृष्ण का नाम नहीं लिया. उसे अभी इस भौतिक संसार के आवागमन से मुक्ति नहीं मिलेगी.

अभी उसने सुख दुख के और ज्यादा अनुभव करने है.

क्युकी आप ने वह सब किया जो इस गीत में गुनगुनाया गया है.

आपने वह नहीं किया जिसके लिए भगवान कृष्ण ने आपको इस भौतिक संसार में भेजा था. अपने परमधाम से. जहा आपको लौटना था. वह उनके नाम का सुमिरन. आप सब भूल गय.

जिसके कारण आप इतनी लम्बी आयु में आप अपने शरीर के दुखों से दुखी है. यही बुढ़ापा है. यही उस व्यक्ति की नियति है.

जिसकी जुबान ने ना लड़कपन में, ना जवानी में भगवान कृष्ण को याद किया.

आज बुढ़ापे में जब अनेक दुखों के कारण आप रो रहे हो. तब आपको अपने परमपिता की याद आ रही है. जो वास्तव में निंदनीय है. जहा

भगवान कृष्ण कहते है. आपको अभी कुंदन बनने में समय लगेगा. इसलिए आप अभी परमधाम के सुयोग्य पात्र नहीं है.

क्युकी आपने अपने प्रण को विस्मृत कर. मुझे विस्मृत किया है.

यही दुखों का मुख्य कारण है. फिर आप क्यु कहते हो बुढ़ापा देखकर रोया?

जबकि मैंने सुंदर प्रकृति की सृष्टि की है. मैंने ही भौतिक संसार को सुखमय बनाने के लिए संसाधन एकत्रित किए है. परंतु यह किसी भी प्रकार से भुलाया नहीं जा सकता. आपको अपने परमधाम लौटना है. जिसके लिए आपका जन्म हुआ है.

यदि आप और हम चाहते है. हमारा बुढ़ापा भी लड़कपन एवं जवानी की तरह बना रहे. तो आप सब से अनुरोध है. भगवान कृष्ण के नाम का जाप करने में कंजूसी ना करें.

इति श्री जय श्री कृष्णा

एम एस एन विचार

आओ मिलकर अपने जीवन एवं बुढ़ापे को सवारते हुए अपने भगवान कृष्ण के परमधाम लौट चले.

जनहित मे जारी

मान सिंह नेगी

8
माँ तेरे आँसू

माँ तेरी आँख से आँसू
जो बह निकलते है॥
अब हमें इस उम्र में बुरा लगता है॥
   माँ तेरे माथे पर
परेशानियों की शिकन
जो करवटें बदलती है॥
अब उससे हमारा दिल दुखता है॥
   माँ जानते है
   तेरे लिए चाह कर भी
कुछ कर नहीं पाते
यह भी हमें धीरे मगर चुभता है॥

माँ तेरे दुख तकलीफ में
जो कराह निकलती है॥
वह अब सहन नहीं होती॥
   माँ तेरे आँख से जो आँसू बह निकलते है
अब हमें बुरा लगता है॥
   जनहित मे जारी
मान सिंह नेगी

स्वयं परिवर्तनशील

9
दुनिया बनाने वाले....?

आज हम इंटरनेट पर कुछ ढूंढ़ रहे थे. जिसे हमारे मित्र हरिशंकर पाठक ने लिखने के लिए कहा था.

हमें याद है, अपने एक मित्र की बात. यदि लिखना चाहते हो. तो पढ़ने में कंजूसी मत करना.

हमारी अम्मा ने भी कहा था. बेटा लिखने के लिए सबसे अहम भूमिका अपने विचारों को एकत्रित करना होता है.

उन्हीं विचारों में दो महत्वपूर्ण अंश मिलाए जाते है.

जिसमें एक होती है. कल्पना एवं संरचना दूसरी होती है, पढ़ना. उसी के कारण आपके लेखों में दिन प्रतिदिन निखार आएगा.

इन सभी सलाहों को हमने ध्यान में रखते हुए. कुछ पढ़ने के लिए खोजना शुरू किया.

तभी अचानक एक वीडियो हमारे सामने आ गया. जिसके बोल कुछ इस प्रकार थे.

दुनिया बनाने वाले काहे को तूने दुनिया बनाई.

इस मधुर गीता को सुनकर हमें 51 वर्ष बाद महसूस हुआ.

हमारे मित्र हरिशंकर पाठक हमें अध्यात्म के विषय में लिखने के लिए दिन प्रतिदिन प्रोत्साहित करते रहते है. वह दिन आज आ ही गया.

वह यह कहने से भी गुरेज नहीं करते. आपका लिखने की रुचि देखकर हमें विश्वास है.

आप हर व्यक्ति की जुबान से श्रीकृष्ण के नाम का अमृतपान करवा सकते हो. क्या आप हमारी प्रार्थना स्वीकार नहीं करोगे? हमने भी कहा आप इतने प्यार से कह रहे हो. तो एक बार अवश्य प्रयास करूंगा. परंतु क्या लिख पाऊंगा यह कह नहीं सकता.

उन्होंने कहा आप ही है, जो भगवान कृष्ण के नाम का सुमिरन भक्तों को करवा सकते है.

इससे आपका भी अध्यात्म की तरफ झुकाव होगा. आप लिखते है. लिखते लिखते समाज से जुड़ जाते है. आपको भगवान कृष्ण के नाम का प्रचार करना ही होगा.

आपकी आध्यात्मिक शक्तियों का संचार होगा. आप मानसिक शक्तियों से भी भरपूर होंगे.

यह सलाह हमें बहुत ही प्रभावित कर गई. जिसके कारण हमने भी इस गीत को अध्यात्म की दृष्टि से जोड़ना उचित समझा.

हम दूसरों में गलतियां ढूंढ़ते है. जो दुनिया का सबसे आसान तरीका है.

परंतु हम बहुमूल्य जीवन पाकर भी भगवान कृष्ण का धन्यवाद देने की बजाए.

उनसे कुछ इस प्रकार शिकायत करते है. यह जानते हुए भी की मृत्यु अटल सत्य है.

उसके पश्चात भी हमारी जुबान वही रटती है. जिसे हमारी आँखें देखकर विचार उत्पन्न होते है.

उसी के कारणवश जुबान किसी की निंदा करने में बड़ी तेजी से फिसलती है.

परंतु जिस नाम को जपने में जुबान पूर्ण विराम लगाती है?

वह है, भगवान कृष्ण का बड़ा प्यारा नाम.

आखिर क्यु? आखिर क्यु आप और हमारी जुबान भगवान कृष्ण का नाम लेने से कतराती है. आखिर क्यु?

कल ही हमने पाया एक ग्रामीण बस चालक दूसरे ग्रामीण बस चालक को भद्दी-भद्दी गलियां देकर अपना और दूसरे का मन खराब कर रहा था.

उन अपशब्द को सुनकर हमने कहा बाबा अपनी उम्र का लिहाज करो. क्या ये अपशब्द आपको शोभा देते है?

हमने बाबा से कहा देना है तो प्रभु कृष्ण के नाम की सुमिरन शक्ति जाप करने के लिए दूसरों को दे दो.

स्वयं भी भगवान कृष्ण का नाम जप लिया करो.

वह इस सलाह को सुनकर एकदम मौन था. खैर.

हम सत्संग की तरफ चलते है. जहा हमने आज एक मधुर गीत को अध्यात्म से जोड़ने का निर्णय किया है.

यह गीत इशारा करता है. इंसान भगवान में भी गलतियां ढूंढने से गुरेज नहीं करता.

वह नम्र लहजे में भगवान कृष्ण से शिकायत करता है.

वह नम्र लहजे में भगवान से फरियाद करता है.

दुनिया बनाने वाले काहे को तूने दुनिया बनाई?

क्या आप जानते हो माँ की कोख से बहार आने के लिए क्या प्रण किया था? या सब कुछ भूल गय?

भगवान ने हमें मानव जीवन इसलिए दिया है. हम उसे सदेव स्मरण रखेंगे. हम उसके नाम को जपते रहेंगे. हम उसके नाम का प्रचार करेंगे.

क्युकी हम सब जानते है. सत्संग में कुत्ते बिल्लियाँ या जानवर नहीं आते.

सत्संग में वही आते है. जिसमें हमारे भगवान कृष्ण की कृपा हो.

हमारा यह मकसद भी नहीं है. आप सत्संग जाया करो.

हम बल देते है. हमारे प्रभु श्रीकृष्ण का नाम मात्र जाप ही आपको जीवन मरण के भव सागर से पार लगा देगा.

हमारे प्रभु श्रीकृष्ण के जाप के बिना. मृत्युलोक से छुटकारा पाना सम्भव नहीं है.

हमारे प्रभु श्रीकृष्ण के जाप के बिना मृत्युलोक से छुटकारा पाना मुश्किल ही नहीं नामुमकिन है.

आप यह भी समझ ले मृत्यु और मुक्ति में अंतर होता है.

मृत्यु सबको आनी है. यह अटल सत्य है.

परंतु जीवन मुक्ति से तात्पर्य होता है. आप कभी किसी माँ के गर्भ में नहीं आओगे.

आप बारम्बार आवागमन के चक्र से मुक्त हो जाओगे. यही जीवन मुक्ति कहलाता है.

अब आपको इस मधुर गीत के सवाल का जवाब स्पष्ट हो गया होगा.

इस भौतिक संसार का निर्माण. इस क्षणभंगुर दुनिया का निर्माण इसलिए किया गया है.

जिसमें हम और आप विभिन्न प्रकार के जन्मो में, योनीयो में ना भटके.

हम सदेव भगवान का धन्यवाद देते हुए. उसे दिन प्रतिदिन सुमिरन करें. उसका ध्यान करें. उसके नाम को भजते रहे. यही जीवन का मूल रहस्य है.

जिसके लिए हमें यह दुर्लभ शरीर मिला है. जिसको प्राप्त करने के लिए देवता भी लालायित रहते है.

बड़े भाग मानुष तन पावा
सुर दुर्लभ सद ग्रंथन्ही गवा

भगवान कृष्ण के जाप से ही. हमारे जीवन का उद्धार हो सकता है. भगवान के नाम के जाप से हमें आत्मज्ञान प्राप्त हो सकता है.

हमारे शारीर में आत्मा का जो अंश है. हमारे शरीर में जो छिपी हुई दैत्य शक्तियां है.

हमारे शरीर में जो छिपा भक्ति का खजाना है. उसे हम प्राप्त कर अपना ही नहीं दूसरों का भला भी कर सकते है.

इसलिए आपसे अनुरोध है. आप निरंतर भगवान कृष्ण के जाप के माध्यम से अपने आपको छानते रहे.

आपका यह छानना तब तक चलता रहना चाहिए. जब तक आप पानी की तरह सरल ना हो जाए.

आपका यह छानना तब तक चलता रहना चाहिए. जब तक आप किसी गरीब, असहाय या दुखी व्यक्तियों को देखकर आपके मन में दया

भाव ना जन्म ले ले.

आप लगातार भगवान कृष्ण का जाप करें. जिसके लिए भगवान कृष्ण ने दुनिया बनाई है.

जिससे व्यक्ति का सर्वांगीण विकास हो सके. उसमें अध्यात्म का वास हो सके. उसमें सकारात्मक ऊर्जा एवं अध्यात्म ऊर्जा का सम्पूर्ण विकास हो सके.

यह छानना तब तक चलता रहे.

जब तक स्वयं भगवान कृष्ण आपको जीवन मुक्ति प्रदान ना कर दे.

यह छानना तब तक चलता रहे. जब तक हम इस भौतिक संसार से आवागमन के चक्र से मुक्त ना हो जाए.

क्युकी हमें पता चल गया है. भगवान कृष्ण ने यह दुनिया चिंतन मनन के लिए बनाई है. जिससे हम उनके परम धाम में लौट जाए. जिसके कारण हम आवागमन के चक्रवात से छूट जाएंगे.

क्या आप हमारे साथ भगवान कृष्ण के नाम का जाप करना पसंद करोगे?

यदि हाँ तो कह दीजिए, प्रेम से बोल दीजिए.

जय श्री कृष्णा, कृष्णा कृष्णा हरे हरे.

जनहित मे जारी

मान सिंह नेगी

स्वयं परिवर्तनशील

10
चीर हरण

सबसे पहले हम नमन करते है. सबसे प्रमुख रसिया को. जिसने महिलाओं को अपनी छोटी उंगली से सुरक्षा कवच प्रदान किया.

जो समाज में एक आदर्श ही कहा जाएगा.

जिसका उदाहरण आज भी उन दानवों की आँखें खोलने के लिए पर्याप्त है.

जो आए दिन चीर हरण को अपना प्रमुख लक्ष्य मानकर बैठे है.

जो दानव आए दिन बिना बिचारे महिलाओं की शीलभंग करने में निरंतर अपना महत्वपूर्ण योगदान दे रहे है.

वह यह भूल गय है. भगवन कृष्ण ने अपने आततायी मामा कंस को उसकी दुष्कर्म की सजा का जो प्रारूप था. वह उसे अपना जीवन देकर चुकाना पड़ा.

इस नियम के अलावा, इस कानून के अलावा हमारे कलयुग में काले कारनामों को अंजाम देने वाले दुष्टों को केवल मौत की सजा का प्रावधान होना चाहिए.

हमारी न्याय प्रणाली ने इन दुष्टों को महीने की बच्ची, सालों की बच्ची, वर्षों की नवयुवती, अधेड़ उम्र एवं बूढ़ी महिलाओं के साथ हो रहे चीर हरण, शील भंग के लिए आज तक क्यु नहीं मौत के घाट उतारा? आखिर क्यु?

जबकि भगवान कृष्ण ने समाज में आदर्श प्रस्तुत किया है. जो भी महिलाओं के साथ दुर्व्यवहार करेगा. वह प्राण दंड ही पाएगा.

फिर क्यु हमारे समय कलयुग में इन कलिया नागों को हवालात में रख कर सरंक्षण दिया जाता है. आखिर क्यु?? ? ?

यह आज तक आम जनता की सोच एवं समझ से परे है.

आखिर क्यु इन दुष्टों को हवालात में रोटियां खिलाई जाती है.

आखिर क्यु उस पीड़िता के दुखों की अनदेखी की जाती है. जिसका जीवन इन दुष्टों ने बर्बाद कर दिया.

हम हर वर्ष रावण को जलाने की बुरी प्रथा को बढ़ावा देते है.

परंतु अपने अंदर पनप रहे रावण को मारने के लिए प्रयास नहीं करते आखिर क्यु?

जहा सारे कानून को ताक पर रख कर पीड़िता की वकालती जिरह में उसकी दुखती रग को कुरेदा जाता है. जो वास्तव में निंदनीय ही कहा जाएगा.

क्या आप जानते है? भगवान ने भरी सभा में दुशासन के द्वारा द्रौपदी के चीर हरण पर. किस प्रकार से महिला को सुरक्षा प्रदान की थी.

दुशासन चीर हरण करने के प्रयास में थक कर चूर हो गया.

परंतु उसका घिनौना कार्य सम्पूर्ण होने पर भगवान कृष्ण रूपी दीवार खड़ी थी.

जिसे दुशासन तोड़ पाने में असमर्थ रहा. यह भगवान कृष्ण की महिमा का प्रताप था.

परंतु दुशासन के कुकृत्य का परिणाम सिर्फ मृत्यु दंड था. जो उसे अपने जीवन में ही प्राप्त हो गया.

फिर क्या कारण है? हमारे ही देश में भगवान कृष्ण का डर समाप्त हो चुका है. जिसके कारण आज दिनांक 27-10-2018 को बस में महिला का चीर हरण हुआ.

आज के ही दिन ग्रेटर नोएडा के एक नामी विद्यालय के बस चालक ने छात्रा के साथ बस में ही चीर हरण किया.

जिसमें ना ही विद्यालय की प्रधानाचार्य ने. ना ही विद्यालय के प्रबंधकों ने उस चालक के खिलाफ कोई कार्यवाही की.

ना ही उसकी इस काली करतूत को पुलिस स्टेशन पर एफ आई आर दर्ज करवाई.

विद्यालय की प्रधानाचार्य एवं प्रबंधक के खिलाफ भी सख्त कानूनी कार्यवाही होनी चाहिए.

जिन्होंने छात्रा के माता पिता को 15 दिन तक केवल आश्वासन दिया.

15 दिन के बाद उन्हें डरा धमका कर भगा दिया गया.

तब जाकर पीड़ित छात्रा के माता पिता ने पुलिस में एफ आई आर करवाई.

इस लापरवाही और अपने विद्यालय की बदनामी के डर के कारण ही. चीर हरण की वारदातें आए दिन दुगनी और रात चोगीनी होती जा रही है. उसकी चर्चाएं भी होती है. कुछ को हवालात की हवा खानी पड़ती है. परंतु सजाए मौत का प्रावधान नदारद है.

जैसे यातायात को नियंत्रित करने के लिए यातायात पुलिस का खौफ दिल में रहता है.

उसी प्रकार सिर्फ चीर हरण एवं शील भंग को केवल सजाए मौत से ही नियंत्रित किया जा सकता है. यह अटल सत्य है. इसे महिलाओं को सुरक्षा प्रदान करने के लिए तुरंत प्रभाव से उठाया जाना चाहिए.

हमारे देश की न्यायपालिका को महिलाओं को देश भर में सुरक्षा प्रदान करने के लिए चीर हरण करने को भगवान कृष्ण के कानून को ही अपनाना होगा.

इसे रोकने का कोई दूसरा उपाए नहीं है.

जनहित मे जारी

मान सिंह नेगी

स्वयं परिवर्तनशील

11
भक्ति

आज मिश्राजी की अपनी अम्मा से कहासुनी हो गई. वह अपनी बहू को बता रही थी. आजकल पंडताईन का लालच चरम सीमा पर पहुंच गया है.

मिश्राजी ने पूछा क्या बात हुई अम्मा. आज आप नाराज क्यु है?

वह बोली पंडताईन का लालच इस कदर बढ़ गया है.

चाहे वह आरती हो, पाठ हो, भजन हो या प्रातः काल का भ्रमण.

वह हर चीज में अरदास मंगती रहती है.

मिश्राजी ने कहा अम्मा अब आपको समझ जाना चाहिए. आजकल मंदिर पंडितों की जीविका कमाने का साधन मात्र है.

कभी आपने सुना है, महात्मा बुद्ध को सत्य की प्राप्ति मंदिर में हुई थी?

कभी आपने सुना है, किसी ऋषि मुनि को ब्रहम ज्ञान किसी मंदिर में प्राप्त हुआ था?

कभी आपने सुना है, साईं बाबा को मंदिर में सच्चाई की प्राप्ति हुई थी?

तब आपने यह कैसे मान लिया? मंदिर हमारे मन को शुद्ध करता है? मंदिर में पहुंचने से हमें शांति मिलती है.

आप यह क्यु नहीं समझती यदि आप जैसे दस भक्तों ने एक एक आलू भी चढ़ाया.

तो पंडित के परिवार के लिए दो दिन की सब्जी पर्याप्त है.

यदि किसी ने 250 ग्राम घी चढ़ाया. वह भी पंडित के परिवार वालों के लिए कुछ दिनों के लिए पर्याप्त ही कहा जाएगा.

यदि किसी ने 1,2,5,10,15,20,50,100 या 500 रुपय भी एक दिन में अपनी श्रद्धा अनूसार चढ़ाए. तो पंडताईन ने बैठे बैठे कमा लिए हजारों रुपय.

यह तो वही बात हो गई रंग लगे ना फिटकरी रंग चोखा ही चोखा.

अम्मा यह समझ लो मंदिर जाना एक रुढ़िवादी परम्परा है.

इसकी आज के युग में किसी भी तरह से कोई मान्यता नहीं है.

यदि इसकी मान्यता है भी. वह सिर्फ एक भेड़ चाल ही कहा जा सकता है.

वह भी इसलिए क्युकी मेरा पड़ोसी मंदिर गया है. इसलिए मुझे भी मंदिर जाना चाहिए.

मेरे पड़ोसी ने मंदिर में नाक रगडी है. मुझे भी रगड़नी होगी.

जबकि हमारा मानना है. आप हमारे कहे अनुसार भगवान कृष्ण का जाप करें, चिंतन करें, मनन करें सुमिरन करें.

हमारे प्रिय प्रभु श्री कृष्ण का. यही हमारे जीवन में प्रदान करते है.

जिसकी हमें सबसे अधिक आवश्कता होती है.

शांति,

मन की शांति

मन जब शांत होता है. तब वह विभिन्न प्रकार के सकारात्मक विचारों से परिपूर्ण होता है.

जब मन सकारात्मक विचारों से परिपूर्ण होता है. तब सुख स्वयं वहा पर अपना ढेरा जमा लेता है. जहा सुख होता है. वहा वैभव भी ठहर जाता है. जहा वैभव होता है. वहा धन बिन बुलाए चला आता है.

अम्मा यह जीवन का सत्य उसे प्राप्त होता है.

अम्मा यह सत्संग जीवन में उसे प्राप्त होता है.

अम्मा यह भक्ति उसे प्राप्त होती है.

जिस पर भगवान कृष्ण की विशेष कृपा हो.

आप हमारे कहे अनुसार सिर्फ एक महीना. हमारे प्रभु के नाम का जाप कर लो. उसके जो भी परिणाम आपको प्राप्त होंगे. उसकी आप हमें व्याख्या कर देना.

मिश्राजी ने कहा हमें मालूम है. वह व्याख्या आपको ही नहीं. हमें ही नहीं, अपितु सब भक्तों को प्रसन्न कर देगी. अम्मा जी अब तो कह ही दो.

अम्मा जी अब प्यार से कह दो.

जय श्री कृष्णा, कृष्णा कृष्णा कृष्णा हरे हरे.

जनहित मे जारी

मान सिंह नेगी

स्वयं परिवर्तनशील

12

6 मद

भगवान कृष्ण ने प्रकृति की रचना कर अपने मनोरंजन के लिए संसाधन जुटाए.

सबसे पहले भगवान कृष्ण ने प्रकृति की उत्पत्ति की.

प्रकृति की उत्पत्ति से उन्हें अहसास हुआ. इसका उपयोग कौन करेगा?

प्रकृति उपयोग के लिए भगवान कृष्ण ने मनु के माध्यम से भौतिक संसार में मानव निर्मित कठपुतलियाँ बनाई.

उन्हें चलायमान करने के लिए अपने अंश आत्मा को छोड़कर 6 मंद अपने पास ही रख लिए.

बाकी सब कुछ मनु के माध्यम से रचित मानव कठपुतलियों को प्रदान कर दिया.

मानव भी भगवान कृष्ण के इन मदों को प्राप्त कर मृत्युलोक में ऐसा रम गया.

उसके पास अब वक्त नहीं है. भगवान कृष्ण को पल भर भी भजने के लिए.

जबकि वह जानता मृत्युलोक में मृत्यु ही अटल सत्य है.

उसके पश्चात भी वह अनभिज्ञ बना रहता है. यही मानव की सबसे बड़ी भूल ही कहा जाएगा. वह अमूल्य निधि छोड़कर शीशों के टुकड़ों में रमा हुआ है. यही मानव की सबसे बड़ी भूल ही कहा जाएगा.

जिसने हमें रहने के लिए किराए पर जीवन दिया. जहा से हम आए है. वही लौट जाएंगे. उसके पश्चात भी हम भगवान कृष्ण को नहीं जपते. यह सारा दोष मानव का ही है.

क्युकी भगवान ने मानव कठपुतलियों को बना कर दे दिए विभिन्न मद.

जिसे प्राप्त कर वह मधहोश हो गया.

रिश्ते

घर-बार

सुलह-कलेह

मोह-माया

मंदिर, मस्जिद, गुरुद्वारे, गिरजाघर

मोह

अहंकार

क्रोध

काम

लोभ

अर्थ एवं व्यापार आदि

भगवान कृष्ण ने अपने पास रख लिए 6 मद.

??जन्म-मरण जिसे कोई नहीं जानता . जिसे कोई नहीं बता सकता. किसका जन्म कहाँ और कब होगा? उसी प्रकार कोई यह भी नहीं बता सकता. कब मृत्यु होगी?

??सुख दुख जीवन में चलते रहते है. परंतु इसे कोई नहीं कह सकता. कब जीवन में सुख प्रवेश करेगा और कब दुख?

??शुभ लाभ एवं हानि भी भगवान कृष्ण ने अपने पास ही नियंत्रित कर लिया. वह कब किसको क्या दे. इसका कोई हिसाब नहीं?

वह चाहे राजा को पल भर में रंक बना दे. या रंक को पल भर में राजा बना दे.

जब महत्वपूर्ण शक्तियां भगवान कृष्ण ने अपने पास ही संरक्षित की है.

फिर आप और हमें किस बात का मोह, काम, क्रोध, अहंकार एवं लोभ.

यदि लोभ करना भी है. तो कृष्ण के नाम का करो.

जैसे वीर हनुमान को भरी सभा में मोतीयों की माला दी गई.

तब वीर हनुमान ने वह मोतियों की माला तोड़ तोड़ कर छिन्न भिन्न कर दी.

उस पर राजा को अत्यंत क्रोध आ गया.

तब पवन पुत्र हनुमान ने विनम्र भाव से कहा यदि इसमें मेरे प्रभु श्रीराम का नाम नहीं है. फिर वह मेरे किस काम की.

उसी प्रकार हमें भी यही सोचना चाहिए. जब प्रभु ने हमसे वादा लिया था. माँ की कोख से बहार आने से पहले. वही सत्य है. उसी का हमने प्रचार करना है. परंतु हमारी व्यस्तता देखिए. हमें अपने ही भगवान को जपने का समय नहीं है. जिसने हमें यह बहुमूल्य जीवन दिया. परंतु हम उसे ही बिसरे हुए है. आखिर क्यु?

क्यु नहीं आपका मन भगवान कृष्ण की भक्ति में रमता?

क्यु आप इस भौतिक संसार में भटके हुए है? यह तो क्षणभंगुर है.

जैसे आपका पालतू जानवर कुत्ता इधर उधर सुँघता हुआ चलता रहता है.

यही उसके जीवन का भटकाव है. परंतु वह भी एक योनि का प्रकार है. वह जीव मात्र है.

परंतु आप और हम भगवान कृष्ण की सर्वश्रेष्ठ कीर्ति है.

तब आप ही बताय क्यूकर हम भगवान कृष्ण को बिसरे हुए है?

याद रखना गाय की पूँछ पकड़ कर इस भौतिक संसार की वैतरणी नदी आज तक किसी ने पार नहीं की.

यदि किसी ने की भी है. तो वह मात्र अपनी जीविका कमाने का साधन मात्र है.

यदि आप और हमें भवसागर पार करना है. यदि आप और हमें भौतिक संसार की वैतरणी नदी पार करनी है.

तो उसका केवल एक ही उपाए है. भगवान कृष्ण का सुमिरन. जब चाहे तब करो मेरे प्रभु श्रीकृष्ण का जाप.

जिनके नाम के जाप से पानी में तिनका ही नहीं अपितु पत्थर भी तैर जाते है.

तब सोचिए आप और हमारा उद्धार नहीं हो सकता.

मात्र उनके नाम के जाप से. तो बोलिए कृष्ण, कृष्ण, कृष्ण. सुदामा की मूर्त को मन में बिठा कर जपते रहे कृष्ण, कृष्ण, कृष्ण. जब समय मिले.

इसलिए भगवान कृष्ण के जाप के लिए. जब समय मिले उन्हें सुमिरन अवश्य कर लेना. यह सोचे बिना की आपने नहाया नहीं है.

मेरे प्रभु कृष्ण भाव के भूखे है. मानव रूपी ढकोसलो से वह अति दूर है.

इसलिए उनका जाप कोई भी, कभी भी, कहीं भी कर सकता है.

जनहित मे जारी

मान सिंह नेगी

स्वयं परिवर्तनशील

13
मुक्ति द्वार

भगवान कृष्ण ने सृष्टि रचाई. जिसमें सबसे अनमोल रिश्ता माँ बनाई.

इस थोथे संसार में सब कुछ मिल जाता है. सिर्फ नहीं मिलती माँ, प्यारी माँ.

माँ हमें जो जन्म देती है. उसकी कोख से जन्म लेने के लिए हम छटपटाते है. चीत पुकार करते है.

वह दुख केवल वही सहता है. जो माँ के कोख में पल रहा होता है.

जैसे सीवर लाईन में उतरने पर एक दुर्गंध आती है. एक अजीब गैस चैम्बर होता है.

ठीक उसी प्रकार वह बच्चा माँ से भोजन अवश्य प्राप्त करता है.

परंतु वह माँ की कोख में उसी महक, दुर्गंध एवं गैस चैम्बर का सामना कर रहा होता है. जैसाकि ऊपर लेख में बताया गया है.

जिसके कारण वह माँ की कोख से निकलने के लिए प्रार्थना करता है.

हे प्रभु कृष्ण मुझे इस नरक से निकाल लो.

परंतु कृष्ण उस जीव से पूछते है. क्या इस नरक से निकलकर. संसार में, मायावी संसार में मेरे नाम का प्रचार करेगा.

वह जीव भी कहता है, हाँ करूंगा. जब आप मुझे इस मुसीबत से निकाल रहे हो.

मैं भी जरूर आपके प्रचार में, गुणगान में, अपना जीवन व्यतीत करूंगा.

परंतु भगवान को धोखा देना. उनसे झूठ बोलना. हमने माँ की कोख में ही सीख लिया था.

क्युकी जब भगवान कृष्ण ने हमें नरक से निकालकर भौतिक सुखों एवं संसाधनों से परिपूर्ण मायावी जगत में हमें भेजा.

तो हमारी हामी, हाँजि. कहीं विलुप्त हो गई. हम उस प्रण को भी भूल गय. जिसे हमने दुनिया में अवतरित होने से पहले भगवान कृष्ण से किया था.

हम इस संसार के मायावी जगत के तिलिस्म को तोड़कर आपके गुणगान करेंगे.

आपके नाम की चर्चा करेंगे. आपके नाम का प्रचार करेंगे.

यह सब हम भूल बैठे. क्युकी सांसरिक जगत का तिलिस्म हम तोड़ने में असमर्थ रहे.

जिसके चलते हमने ऊंचे ऊंचे महल खड़े किए.

जिसके चलते मानव ने चल अचल सम्पत्ति का विकास किया.

परंतु इस चक्कर में मानव यह भूल गया.

इस संसारिक जगत में जहा हम कहते है. डार्लिंग आई लव यूँ. वही उसके गुजर जाने पर ड़ेढ घंटे में उसे शमशान छोड़ आते है. यही मायावी संसार क्षण भंगुर के नाम से भी जाना जाता है.

उस समय हमें ध्यान रखना चाहिए. यह भौतिक सुख है. यहा जो आया है. वह जायगा जरूर. क्युकी भगवान कृष्ण ने गीता में कहा था. मैं ही अंत हूँ, मैं ही आरम्भ. क्युकी मृत्यु ही आरम्भ है, नय जीवन का.

यदि आप जीते जी दुखों के आवागमन से बचना चाहते है.

आप वास्तव में अपनी मुक्ति चाहते है. तब आपको श्री कृष्ण की शरण में आना ही होगा.

क्युकी भगवान कृष्ण ने अपने परम एवं लन्गोटिया मित्र सुदामा को भी दंडित किया था. उसके झूठ बोलने पर.

परंतु जब सुदामा ने कृष्ण के कीर्तन, कृष्ण का भजन, कृष्ण का चिंतन, सोते-जागते, खाते-पीते, उठते-बैठते, हंसते-रोते शुरू किया.

उसके पश्चात कृष्ण ने नंगे पैर दौड़कर सुदामा का भव्य स्वागत किया. उसके चरण धोएं. उसका मान-सम्मान, आदर-सत्कार किया.

ठीक उसी प्रकार यदि आप अपनी मुक्ति चाहते है.
तब आप यह समझ लीजिए.

मंदिर में जा जा जग मुआ मुक्ति पाया ना कोए.

तब समझ लीजिए तीर्थस्थलो पर जा जा जग मुआ मुक्ति पाया ना कोए.

यदि आप मुक्ति चाहते है. तब आप मुक्ति द्वार से क्यु भागते है? मुक्ति द्वार के दरवाजे खोलने वाली चाभी क्यु गुमा देते है?

यह दोष है. इस मायावी संसार का जिसका तिलिस्म सिर चढ़कर बोलता है.

हे मित्रों, हे दोस्तों, चले आओ आप सब हमारे परम मित्र. हमारे प्रभु श्री कृष्णा के भजन में, कीर्तन में चिंतन में, सुमिरन में.

यही मायावी संसार से छुटकारा दिलाने वाला मुक्ति दार है.

जनहित मे जारी

मान सिंह नेगी
स्वयं परिवर्तनशील

14
तुझसे प्रेम है

हे सर्वशक्तिमान प्रभु कृष्ण मेरे. तुमसे हमें प्रेम है. तुमसे हमें अथाह प्रेम hओ गया है. हमने तुमको प्राप्त करने के लिए. तुम्हें पाने के लिए. तुमसे मिलने के लिए. तुमसे आलिंगन भरने के लिए. हमने तुमसे, तुम्हारे नाम से लौ लगा ली है. हे प्रभु मेरे कृष्ण.

यूँ तो हम भी ग्रहस्त जीवन में अपनी जिम्मेदारी निभा रहे है.

जिसमें आपने स्वयं भगवत गीता में कहा है. ना जंगल में तपस्या करने की आवश्यकता है. ना हिमालय में धूनी रमाने की जरूरत है.

मुझे वह प्रिय है. जो अपने ग्रहस्त जीवन में अपनी जिम्मेदारियां उठाते हुए. अपने कर्तव्य का पालन करता है. मेरा चिंतन करते है. जो मेरा निरंतर चिंतन करते रहते है.

वह मेरी नजरों में उच्च कोटि का साधु और महान योगी है. यह आपके ही शब्द है. हे प्रभु मेरे कृष्ण.

हे प्रभु कृष्ण मुझे ग्रहस्त जीवन यापन करते हुए. आपसे अथाह प्रेम हो गया.

यह आपका ही प्रेम है. यह आपके नाम का ही प्रताप है. यह आपका स्नेह है. जो हमारा मन जब भी समय मिलता है. तेरे नाम का ही जप करता है. तेरे नाम का ही सुमिरन भजता है. तेरे नाम का ही चिंतन हमारा पूरा शरीर करता रहता है.

ये तुम्हारा ही प्रेमस्वादन है मेरे प्रभु, मेरे कृष्ण.

जिसके वशीभूत होकर हमें हर व्यक्ति में परमात्मा का रूप दिखाई देता है.

ये तेरा ही प्रेम है. हे तेरी ही महिमा है मेरे प्रभु कृष्ण. जो मेरा पवित्र पावन मन सदेव तेरी ही अर्चना करता रहता है.

यहा पवित्र पावन मन को इसलिए कहा गया है. एक लम्बेअर्से से हमने आपके नाम सुमिरन से अपने मन को सांसारिक भौतिक सुखों से हटाकर मन को छाना है. यह इतना आसान भी नहीं है. परंतु नामुमकिन बिल्कुल नहीं है. जहा जहा प्रभु कृष्ण की कृपा हुई. वहा वहा तीर्थस्थल की स्वयं स्थापना हो गई.

हे प्रभु मेरे कृष्ण मुझे ना मंदिर जाने की चाह है. ना कोई तीर्थ स्थल मुझे अपनी और आकर्षित करता है.

हम तेरे नाम के दीवाने है. हम तेरे चिंतन में सराबोर रहते है. तेरे चिंतन में डूबे रहते है. यही हमारा मंदिर है, यही तीर्थस्थल.

यही हमारा आपसे प्रेम है. हे प्रभु मेरे कृष्ण.

हम जानते है, मंदिर और तीर्थस्थल में वो नहीं मिलेगा. जिसकी हमें तलाश है. क्युकी हम जानते है. जब अंदुरनि कलपूर्जे दुरुस्त हो. तब हर बात में आनंद आता है. हर समस्या में स्वतः ही समाधान हो जाता है. मन से दुख नाम का भय समाप्त हो जाता है.

हम भी जानते है, मानते है रविदास के वह चमत्कारिक शब्द जिसने हमें आपके नाम से रसास्वादन करवाया.

कहीं ना जा अब तू कहीं ना जा. ना मंदिर ना तीर्थस्थल.

मान ले हमारी यह बात मन चंगा तो कटौती में गंगा.

इसलिए हम आज कृष्ण प्रेम के माध्यम से आत्मज्ञान को प्राप्त करने के लिय अग्रसर है.

इसलिए आज हमें जल्दी से कोई बात दुखी नहीं करती. हमें कृष्ण के प्रेम में आंतरिक खुशी का अनुभव होता है.

मेरे प्रभु कृष्ण का ही यह प्रताप है.

हम यह भी जानते है, हे प्रभु मेरे कृष्ण. आप अपने शब्दों के फलस्वरूप बंधे हुए है.

हम यह भी जानते है. जब जब हमने आपको पुकारा. आप दौड़े चले आए. अपने परम मित्रों के लिए.

अपने भक्तों के लिए. अपने दीवानों के लिए. जैसे सुदामा, जैसे बरसाने की गोपियों में श्रेष्ठ राधा. मेवाड़ की मीरा. जिसने आपसे प्रेम करते हुए गीत गया.

मैं तो प्रेम दीवानी मेरा दर्द ना जाने कोई.

उसी प्रकार आपके प्रेम की वजह से धीरे धीरे जो आध्यात्मिक परिवर्तन हममें आ रहे है. वह हमें महसूस हो रहे है. उसे हमें समझ पा रहे है.यह आपके नाम की ही महिमा है.

हम आपसे प्रार्थना करते है. हे प्रभु कृष्ण आप हमें अपनी भक्ति प्रदान करें.

क्युकी आपने स्वयं गीता में वचन दिया है. जो भी आपकी भक्ति में रमा रहेगा. आपके प्रेम में सराबोर रहेगा.

जो भी आपकी आराधना करेगा. जो भी आपके नाम का चिंतन करेगा. जो भी आपको नमस्कार करेगा. वह निश्चित रूप से आपके पास होगा.वही आपका परम मित्र होगा.

हे प्रभु मेरे कृष्ण हमें तुमसे प्यार है. आप हमें अपनी शरण में ले ले. हे प्रभु मेरे कृष्ण.

जनहित मे जारी

मान सिंह नेगी

? आध्यात्मिक गुरु

स्वयं परिवर्तनशील

15
तुम कितने दयालु हो

दया का भाव कभी भी, किसी में एकदम से नहीं उपजता.

दया भगवान के द्वारा दिया गया एक वरदान है.

जो सबमें वास तो करता है. परंतु उसका सम्पूर्ण विकास किसी किसी में ही हो पाता है.

भगवान कहते है. हमने आपको जो जीवन दिया है. वह इसलिए दिया है. आप सब एक दूसरे पर दया का भाव अवश्य रखे.

कहते है यदि दया जीवन में प्रवेश कर जाय. तो हर स्थान पर भगवान नजर आते है.

यदि दया रूपी अस्त्र हमारे जीवन में शामिल हो जाए. तब जीवन सादगी से भर जाता है.

दया भाव ऐसा गुण है. यदि उसे जिस ने अपना लिया. समझ लो उसका बेडा पार हो गया.

दया भाव उपजने से दूसरों को तकलीफ में देखकर दिल दुखी होता है.

दया भाव उपजने से दूसरों के दुख दर्द अपने लगने लगते है.

उस दुखी व्यक्ति के प्रति उपजी दया. यह सोचने पर मजबूर करती है. ये जीव ही तो है.

इसमें परमात्मा का अंश वैसे ही दौड़ रहा है. जैसे हमारे घट घट में रम रहा जीवात्मा.

कहते है, हम प्रार्थना, आरती, अनुरोध भी इन्हीं शब्दों में करते है. तुम हो एक अगोचर सबके प्राण पति.

प्राण पति से तात्पर्य है. जिसने यह जीवन हमें प्रदान किया.

शरीर माँ एवं पिता के सहयोग से बना है.

परंतु इस शरीर को चलायमान बनाने के लिए ना दिखाई देने वाला प्राण पति ने इसमें अपना अंश डाला है. जिसे हम जीवात्मा कहते है.

जब हम किसी को कुछ देते है. उस वक्त हमें जो खुशी मिलती है. वह शब्दों में बयान नहीं की जा सकती.

क्युकी उस क्षण में गंगा-जमुना तीव्र भाव से बहती हुई. हृदय को निर्मल बनाती हुई सीख दे जाती है. इससे बढ़कर कोई खुशी नहीं होती.

इस खुशी को शब्दों में बांधकर इसे छोटा ना करें.

दिल में किसी को कुछ देते समय जो विचार उमड़ते है. उसका अंदाजा वही लगा सकता है. जिसने अपने मुश्किल दौर में अपनी ही कमाई से कुछ बचाकर जितना बन पड़ा उतनी जरूरतमंदों की मदद की हो. इसे ही दया भाव कहते है.

दया वह नहीं जो हमें अपनों के प्रति दयावान बना दे.

आपने वह मधुर गीत अवश्य सुना होगा. यदि नहीं सुना तो हम आपको सुना देते है.

खुद के लिए जिए तो क्या जिए.

अ दिल तू जी जमाने के लिए.

इसलिए दया भाव जिसमें भी उपजता है. तब समझ लेना. उसकी चेतना का विकास हो गया है.

उसके जीवन में ज्ञान का प्रकाश प्रस्फुटित हो गया है.

उसने भगवान को जानने की प्रथम चरण पर अपना पहला कदम सफलतापूर्वक रख दिया है. यही दया भाव की महिमा है.

जिस मानव पर भगवान की विशेष कृपया हो जाए. तब यह समझ लेना वह मानव के रूप में भगवान द्वारा भेजा गया उसका ही प्रतिनिधि है.

हालांकि हजारों लाखों व्यक्तियों में से एक व्यक्ति के दिल में ही दया का भाव उमड़ता है.

जब यह भाव उसके शरीर में, मन में, वाणी में, कर्म में, प्रवेश कर जाए. तब समझ लेना दया भाव का झरना चिरकाल तक बहता रहेगा.

जनहित मे जारी
मान सिंह नेगी
स्वयं परिवर्तनशील

16
ये क्या हो रहा है?

आज हमने भागते भागते डीटीसी बस को रुकने के लिय हाथ से इशारा किया.

आज हमारा यह सौभाग्य है.

आज डीटीसी बस में कोई सवारी का शुभ चिंतक चलाने वाला चालक बैठा हुआ था.

उसने हमारी परेशानी को देखते हुए बस को बस स्टैंड पर कुछ समय के लिए रोक लिया.

हमने भी दौड़कर अंदर जाते ही राजापुरी के लिए यात्रा टिकट खरीदा.

चुकी हम अक्सर 5 रुपय का यात्रा टिकट लेकर. बस चालक के पास ही जाकर खड़े होते है. जिससे हमें उतरने में कोई परेशानी ना हो.

कभी कभी सौभाग्य से बस में बैठने का सुनहरा अवसर भी हमें मिलता है.

लेकिन शुक्रवार की शाम करीब 7:15 बजे. हम बस में खड़े इधर उधर नजरें मटका रहे थे.

तभी हमने देखा जहा वरिष्ठ नागरिक की कुर्सी थी. वहा एक जवान जोड़ा बैठा हुआ था. लगभग 24-25 साल का.

तभी हमारी नजरें तेजी से उछल कर सीधे हाथ की तरफ पड़ी. जहा दिव्यँगो ले लिए कुर्सी होती है. वहा पर भी नवयुवकों का कब्जा था. यह देखकर मन अपने आप से बातें कर रहा था. ये क्या चल रहा है. हिंदुस्तान

की राजधानी के दिल दिल्ली शहर में.

हमारे उल्टे हाथ पर महिलाओं की पंक्ति वाली कुर्सियां थी.

जिसको नवयुवकों ने पूर्ण अधिकार के साथ अपना अधिकार छेत्र घोषित किया हुआ था.

यहा तक की बसों पर लिखा हुआ है. बस केवल बस स्टैंड पर ही रुकेगी.

जबकि डीटीसी बसे ही नहीं. हर राज्य की बसे सवारियों के लिए जहा सवारी हाथ देती है. वह स्थान तो छोड़िए. वह बस स्टैंड पर रुकना तक गवारा नहीं करते. आखिर क्यु?

डीटीसी बसे या राज्य की अपनी बसे बस स्टैण्ड और जहा सवारियां हाथ देती है. वहा क्यु नहीं रुकती? या रुक सकती है.

क्या कोई इसकी जिम्मेदारी लेगा?

हमारी नजरें आज बड़ी तेजी के साथ बस में हर चीज की बारीकी से निरीक्षण कर रही थी.

जहा हमारी नजरो ने निष्कर्ष निकाला. यहा सबकुछ उल्टा पूल्टा चल रहा है.

हमने यही सवाल अपने आप से पूछा ये क्या हो रहा है?

क्या सवारियों के लिए यह आदेश पारित होगा? जहा सवारियां रुकने के लिए इशारा करती है. वहा भी बस चालक की नैतिक जिम्मेदारी होगी बस रोकने की?

यह बड़ा नियम जुड़ने की ख्वाहिश लिए हुए. यात्री बड़ी उम्मीद के साथ परिवाहन मंत्रालय की तरफ नजरें गड़ाये हुए है.

जनहित मे जारी

मान सिंह नेगी

स्वयं परिवर्तनशील

उत्तम नगर, नई दिल्ली-59

??????

?कृपया पृष्ठ को पसंद करना ना भूले.?

??????

व्हाट्स 8506902567

ईमेल:-mansourav14@gmail.com

गोली से भी तेज चलती है, कलम?

फेसबुक लिन्क

(कहानी संग्रह)

??

से सबको पढ़ाते रहे, पढ़ते रहे. अच्छी सीख कही से भी मिले, ग्रहण करते रहे.

??

https://www.facebook.com/Man-Singh-Negi-Samaj-Sudharak-482007518663260/

@@@@@@@@@

आपको, आपके परिवार को हमारे परिवार की तरफ़ से नववर्ष-2018, की हार्दिक शुभकामनाएँ.

?आपको जन्मदिन की ढेर सारी शुभकामनाएं♥ से?.

धन्यवाद आप सबका जिन्होनें हमारे लेखों को पढ़ने के लिए अपना बहुमूल्य समय दिया.

एम एस एन विचार

हम सरकार से यह जानना चाहते है. सरकारी बस क्यु नहीं सवारियों के लिए. वहा क्यु नहीं रुक सकती. जहा सवारिया उन्हें रुकने के लिए इशारा करती है.

बस स्टैण्ड केवल सवारियों को एक जगह एकत्रित करने का स्थान है.

बस चालक की यह नैतिक जिम्मेदारी है. वह सड़क पर जहा भी सवारी रुकने के लिए अनुरोध करें. उसे वहा बस रोकनी ही होगी.

बस चालक सवारियों के यात्रा टिकट खरीदने के फलस्वरूप मासिक वितान पाते है. ना की सड़क पर सवारियों को धता बताकर सिर्फ और सिर्फ किलोमीटर पूरा करने की.

सरकारी कर्मचारी यदि यात्रियों की अनदेखी करता है. तब उस पर तुरंत प्रभाव से सख्त से सख्त कार्यवाही होनी चाहिए.

जनहित मे जारी
मान सिंह नेगी
स्वयं परिवर्तनशील

www.ingramcontent.com/pod-product-compliance
Lightning Source LLC
LaVergne TN
LVHW041545060526
838200LV00037B/1147
* 9 7 8 1 6 4 8 0 5 4 0 4 4 *